KB156700

달그락,
봄

달그락,
봄

장영춘 시집

시인의 말

중산간 길을 걷다가 안개에 갇혔다
숨 가쁘게 걸어왔던 길들도 모두 지워지고

덩그러니 중심을 잃고 미로에 선 나

어디로 가야 하나? 뒤를 돌아봤지만
아직도 길은 보이지 않는다

안개가 걷히길 기다리며
조급해하지 않기로 했다

달그락, 봄

제1부
누구의 안부일까, 일렁이던 파문은

제2부

사람도 섬이 되는 그런 날이 있다

제3부

채우고 채워도 허기로 피는 꽃

제4부

메아리로 가득 찬 그 길 위에 마주 서면

제5부

기다린 당신의 봄은

제1부

누구의 안부일까,
일렁이던 파문은

봄, 엿보다

바람처럼 왔다가 사나흘 살더라도
피우리라, 피우리라 물관으로 실어나른

저것 봐 바람꽃 한 송이
얼린 손 내미는 거

어제 놓아버린
핏줄 마른 다짐들이

또다시 꽃 앞에서 속수무책 무너지고
게으른 발자국 털며 출렁이며 오는 봄

연두의 시간

또르르 말린 햇살 연두의 시간이네
초롱초롱 눈뜬 도시 새싹들의 시간이네
덧칠에 덧칠한 길들
어제가 달려오네

구름과 바람 사이 산과 들을 건너온
포개고 또 포개져 오는 넌 누구니
사월의 가로수길에 손 흔들며 서 있는

그 이름 푸른 청춘 그렇게 봄을 껴안고
이끼 낀 초원 위를 밤새도록 달리다
고목에 싹을 틔울라,
일렁이던 시간아

산 목련

겨울의 꽃눈을 달고 그녀는 내게로 왔다

오랜 불임의 시간 탯줄을 자르고

이제 막 배냇저고리 가지 끝에 걸었다

해후

너를 보낸 시간 앞에 늘 목이 마르다
허기진 기억들이 봄이면 꿈틀꿈틀
하늘로 올려본 날이
몇 날 며칠이던가

그리움의 끝자리엔 회색빛만 감돌다
혹독한 겨울 지나 붓끝을 세우다 말고
산목련 꽃 문을 열고 그렇게 너는 왔다

사나흘 마주 보다, 막막하고 막막한 채
아무 말 못 하고 선 네 몸짓을 보았다
서로의 눈빛만으로도
뭉클하고 뭉클해진

산정호수의 아침

누구의 안부일까,
일렁이던 파문은

소금쟁이 수묵화 치던 물장오리 산정호수
언제나 마르지 않은 푸른 눈빛 간직한

서둘러 떠나간 자리
여백으로 남긴 채

분화구에 몰려든 어진 안개 달래던
설문대 둥근 밥상에 고봉밥 한 그릇

오늘도 모락모락
한 끼니 위로를 얹고

벼랑 끝 외줄 타던 산딸나무 사이로
어느새 수천 마리 나비 우화를 꿈꾼다

그 여름

있는 듯 없는 듯이 그렇게 살자 했지

세상 밖 소리조차 자물쇠를 걸어놓고

뜨겁게 달궈진 방 내가 나를 가둔다

그렇게 사흘 나흘, 그 여름 다 가도록

꽃대궁만 올리다 상사화꽃 진 자리

연북로 귀퉁이 돌아 내가 거기 있었다

가을을 전송하다

얼마만큼 더 가야 그곳에 가 닿을까

지다 만 쑥부쟁이 그늘 반쯤 기대어

십일월 하늬바람에 길을 트는 따라비오름

견딜 만큼 견디리라, 뜨겁던 다짐마저

억새꽃 들판에서 산산이 부서져 내려

마침내 백기를 들고 그 앞에 내가 선다

나바론 절벽*

어쩌랴, 절벽 아래 저 파도를 어쩌랴
방향키 놓쳐버려 떠밀리고 떠밀려온
추자도 하늘길 따라
소금꽃이 피었다

나바론의 요새에 숨어든 병사들처럼
오늘 밤 태풍 전야 고요를 방심 마라
구절초 봉오리 쓸며
구구절절 되새기는

어쩌다 사는 일이 벼랑 끝에 서 있는 날
누군가 뭍으로 와 자일 하나 건네면
등 시린 저 꽃들조차
바람이고 싶겠다

* 나바론 절벽: 나바론 요새를 닮았다 해서 지은 추자도의 절벽 이름.

자작나무 소묘

그냥 눈빛만으로 위로되는 날 있지
어제를 묻고 온 자작나무 숲속에
묵묵히 바람 맞서며 속살 한 겹 벗겨내는

아무리 힘들어도 구부리진 않았어
하늘이 내어준 그 높이를 따라갔을 뿐
지나는 길손에게도 손 내민 적 없었네

한겨울 꼿꼿함에 너를 보며 견뎠어
사계절 아랑곳없이 덕질에 덕질해도
몇 해를 보내고서야 그제야 알게 됐지

때로는 휘인 가지에 이별을 불러오듯
한순간 솟아오르다 지는 게 사랑이라고
아직도 불씨 한 점이 나를 향해 당기네

상사화

숭숭 뚫린 현무암 올레 밖을 서성이다

기어이 장맛비에 터져 버린 붉은 가슴

젖은 채 맨발인 그대 괜찮을까, 괜찮을까

외면했던 날, 뒤에 오는

꽃이 진 후에도 느닷없이 꽃은 또 피어

한겨울 오름 듬성이 벌겋게 얼린 철쭉

선홍빛 시간을 녹일 햇살 한 줌 그립다

11월의 숲

어느새 텅 비워낸 어리목 산정길엔
치열했던 시간을 하나둘 지워가며
휑하니 나무 밑둥치
빗장 푼 햇살 한 줌

'낙엽은 떨어지는 게 아니라 내려놓는 거다'
바람 속에 스쳐 가는 문구 하나 떠올리며
예전에 굳게 닫았던,
움켜쥔 손 펴 보네

빙벽氷壁

- 왕이메 고드름

하늬바람 쌩쌩 부는 들판에 나앉아
발가락이 얼도록 오름 한 바퀴 돌아도
구석진 담벼락조차 허락하지 않았다

온기라곤 하나 없는 얼어붙은 세상 앞에
벼랑 끝 거꾸로 선 엘사*의 눈물 같은
언제가 얼음 방에도 봄은 꼭 오리라는

*엘사: 애니메이션 영화 '겨울왕국'의 여주인공.

제2부

사람도 섬이 되는
그런 날이 있다

길 없는 길 위에서

가끔 사는 일 또한 헷갈릴 때 있다

사랑도 미움도 흔들리던 내 발자국도

어쩌면 걸어온 길이 착시였는지 몰라

무인도

사람도 섬이 되는 그런 날이 있다
저녁이면 물안개 이불처럼 덮여오는
새소리 물소리 잠든
해안가를 맴돈다

사람과 사람 사이 좁혀서야 보이는
출렁이던 시간도 파도 속에 묻힌 채
결핍된 마음 한 자락 헹구고 또 헹구는

썰물이 지난 자리 밀물이 차오르듯
이제 막 무장해제 하루를 재워놓고
다려도 저녁놀 속에
순한 손을 담근다

그 사랑 어쩌라고

늦가을 길모퉁이 천진난만 들국화
누군가 떠올리다 향기로 전하고파

햇살도 저리 좋은 날
꺾어 둔 들꽃 송이

아차 하고 돌아서자 이미 때는 늦었지
하필이면 이 순간, 노란 꽃잎 만발한

한 번도 이루지 못한
그 사랑은 어쩌라고

누구에겐 사소하고 누구에겐 전부인
외마디 저항도 없이 무참히 쓰러져간

노랑도 그 진노랑이,
처연했던 가을아

번아웃

무기력한 하루를
집게발로 물었다

우연히 게 몇 마리 식탁 위에 놨었지
밤새워 거품을 물고 냄비 밖을 꿈꾸던

참, 먼 길 돌아
예까지 왔었구나

구석진 내 방 안 고단한 다리를 펴고
턱 하니 참게 한 마리 미라처럼 누워있는

산다는 건, 모험이야
암호로도 풀 수 없는

불면의 밤 일깨우듯 나에게 다가와
어제를 절여놓고서 오독오독 씹었지

배설

길바닥에 새똥들이 제 자국을 남긴다

이리 착 저리 착 갈지자를 그리며

가끔은 속 시원하게 갈겨보고 싶었다

몇십 년이 지나도 내 안은 딱딱하다

아직도 비우지 못한 그날을 끌어안고

묵혔던 암울한 얘기 풀어내고 싶었다

맨발

때로는 누군가의 위로가 필요할 때
긴 여정의 모퉁이에 약속처럼 피어난

물매화 마른 들녘에
맨발로 웃고 섰다

초롱초롱 해맑은 그대 앞에 내가 서면
부질없는 생각들이 산비탈로 내려서고

슬며시 등 토닥이며
향기마저 모아준다

그렇게 가는 거다, 충만함도 나누며
높아진 하늘 보며 막혔던 혈을 뚫고

용눈이 가설무대엔
전석이 매진이다

남이섬 연가

무대 위 함성들이
채 가시기도 전

너와 나 꿈을 키우던 단단한 시간도
남이섬 노란 뜨락에 모닥불로 타오른다

절절했던 연인들
깍지 낀 손을 풀며

노랑 빨강 꽃 물든 서로의 마음 담아
늦가을 모퉁이마다 아쉬움만 쌓인다

뜨거운 심장 하나
가슴에 묻어둔 채

한 발짝 뒤돌아서 마주 선 그대와 나
잘 가라 손가락 걸던 무언의 날들이여

허공의 집

푸른 꿈만 좇으며
살던 시절 있었지

혹한의 겨울밤을 뒤척이고 뒤척이던
인제리 자작나무숲 말갛게 고인 고요

아무리 역주행해도
불시착 허공의 집

희미한 불씨 하나 산등성이 넘어서고
발아래 잎 지고서야 보이는 파리한 얼굴

어느 해, 저들끼리
공쟁이*를 걸다가

서로 등 기대고 담담하고 당당하게
폭설 속 미완의 집에 지렛대를 들고 있네

*공쟁이: 트집.

족쇄를 풀어줘

오늘도 탈출을 꿈꾼다,
저 문만 나서면

푸른 날 성긴 시간 태초의 그 길 따라
날마다 귀향을 꿈꾸는 슬픈 눈의 목각 기린

창 너머 초록 잎새 마구마구 손 흔들면
아프리카 드넓은 저 질주의 본능으로

소나기 맞으러 간다,
경중경중 목 빼 들고

캄캄한 밤하늘에 별빛 총총 수놓으면
코뿔소 작은 샘터에 무리 지며 마중 오겠지

마음은 이미 달리고 있어
족쇄를 풀어줘

팔월의 시

생명이 있는 것들은 독기 어린 얼굴로
팔월의 들판 아래 만장일치 모여들어
비장한 다짐을 한다
씨알 한 톨 남기리

수은주 빨간 눈금 내려갈 줄 모르고
앞다투며 달려오는 어긋난 시간 속에
볕에다 내다 걸어도 파랗게 익지 못하는

뜨거운 바닥을 딛고라도 건너야지
삼키기도 내뱉기도 속이 빈 강정 같은
하나둘 돌려세우다
설익은 시어 몇 줄

고지서

과속으로 달려온 출구 없는 길 위에

변명 한번 못 한 채 받아든 과태료

이제 좀 쉬어가라고, 내게 준 옐로카드

겨울엔

겨울엔 수련도

묵언수행 중이다

텅 빈
연못가에 바람의 지느러미

하늘도 가끔 내려와

물의 온도 재고 간다

폭설

얼마 만의 일이랴,
꿈꾸던 이 하얀 세상
새소리도 숨죽인 정적만 감도는 숲
눈 위에 노루 발자국 무릎마저 포갠다

섬과 섬 구분 없이, 바람마저 손 놓고
고요가 고요 부르며 하얗게 펼쳐놓은
태초의 길 앞에 서면 누구나 평온하다

탄성으로 질러대는 눈부신 오늘이여
층층 쌓인 삶의 무게 그마저 내려놓고
나만의 길 위에 잠시,
쉬어가도 좋겠다

책장을 정리하다

한 권 두 권 차오르는
책꽂이를 보면서
지나온 흔적만큼 커지는 미련을 두고
이제는 미룰 수 없어 정리를 시작한다

언제 그 어디쯤
읽다 만 페이지에
누렇게 손때 묻은 책장을 넘기다가
밑줄 친, 한 문장 속의 따뜻했던 위로여

그날 그 시간이
오롯이 재생되어
살며시 단어 한 줄 가슴에 받아 안고
잘 가라 어제를 노래하던,
노란 잎새 수북하다

제3부

채우고 채워도
허기로 피는 꽃

어머니 숲

사막에 꽃 피우는 낙타 풀 가시처럼
언제나 바람 맞서 궁굴리며 궁굴리다
하나둘 비워내 가며
가벼워지는 숲이네

늦가을 존자암 무게 진 산 중턱
푸르게 푸르게 푸르게 더 푸르게
우듬지 햇살을 잡는 상수리나무 어머니

한 번도 제 둘레를 재어본 적 없는 당신
검버섯 핀 손등 아래 염주 알 굴리는
어머니 야윈 생애가
곧추선 적 없었네

노란 지팡이

꿈이듯 생시이듯 어머니 떠나신 뒤
주인 없는 빈집에 동그마니 노란 지팡이
해종일 졸고 있다가
골목길로 접어선

헛헛한 생각들 호주머니 속 꺼내 들고
행방을 알 수 없어 바람마저 주춤대는
네거리 신호 앞에서 갈 길을 묻는다

어깨 한쪽이 휘도록 버스는 오지 않았다
돌아설 수도 건널 수도, 발만 동동 구르다
어머니 노을 진 저녁
혼자 길을 건넌다

가을장마

한여름 놓고 간 게 기억이 없으신지

십 리 길 따라가다 제정신이 들어서

내 여기 왔더냐? 하며 되물으시는 어머니

몇 날 며칠 닦아도 시린 하늘 떠받듯

단단히 뿌리내리라고 무른 땅 토닥토닥

내 안에 고인 슬픔을 씻기고 또 씻긴다

반지기밥*

그 오랜 잔설같이 기억 속에 살아있는
아버지 밥상 위 김 오르던 반지기밥

오월의 가로수길에
이팝나무 꽃피었네

배불리 먹어보라고 아버지의 고봉밥
한 숟갈 덜어주시고 짠하게 웃어주시던

아무리 먹고 먹어도
허기로 피는 꽃

*반지기밥: 보리쌀 위에 쌀 한 줌 얹어 지은 밥.

아버지의 바다

 - 용천수

날마다 해가 뜨고 노을이 지듯이
흐르는 일만큼은 멈추지 않는다
밀물과 썰물이 지난 자리
안부를 물을 뿐

우직한 아버지의 미소는 잔잔했다
수평선 마주하고 세상과 타협하며
때로는 거친 지팡이 차가운 매를 드시던

바닥에서 솟구치는 저 힘의 근원을 보라
그 연하디연한 물줄기에 심지를 박듯
억만년 물의 경전은
흘러도 그대로다

노각

"한때는 말이야"
금빛 두른 노장들

푸른 날
물러지며 잘 익은
말씀만 남아

한 생의
쓰고도 단맛
소주잔이 넘친다

아직도 저기,

순아, 자야, 부르던
그 이름들 어디 가고

아직도 저기,
과물 빨래터 맨 뒤쪽엔
밀물과 썰물 사이로 노란 똥 둥둥 뜬다

서툴게 비튼 기저귀
담벼락에 펄럭이고

물 봉봉 들어와 경계조차 지워진
멱감다 물허벅 지고 달리던 발자국들

뉘엿뉘엿 수평선에
정적만 저리 남아

그리운 이름들 하나둘 건져 올리면
빨래터 방망이 소리 옥타브를 타고 있다

팔순의 마당

팔순의 넓은 마당 깻단들 가득하다
까맣게 그은 얼굴, 땀방울을 훔치며
팔월의 노란 냄비에
참깨 톡톡 튀고 있다

깨알 같은 염원을 멍석 위에 가득 널면
엊저녁 아픈 다리가 어느새 말짱해져
올해만 올해만 하며 깻단을 털고 있는

마음은 늘 그렇게 늙지도 않는 건지
잔잔한 내리사랑 푸르른 심줄 같은
노모의 굽은 등 뒤에
풍선처럼 부푼 하루

영주기름집

어디서 풍겨올까 고소함 덤으로 얹고
한물간 영주기름집 반짝 세일하듯
명절 전 도심 한 귀퉁이
줄을 잇는 사람들

봄부터 여름까지 깨알 같은 땅심을 깨워
신토불이 고집하며 땀방울을 적시던
할머니 검버섯 핀 얼굴
참깨꽃이 피었다

일 년을 마무리하듯 한 병 한 병 채우면
뽀글뽀글 살아온 날 향기로나 남을까
스산한 늙은 거리에
솔솔 풍기는 삶의 진미

아프리카 펭귄

38도 땡볕 아래 어미 한 번 아비 한 번

볼더스 비치 모래밭에 숙명이듯 알을 품는

어미의 붉은 목젖이 무릎을 꿇게 한다

울 엄마도 한여름에 나를 저리 품었었지

숨넘어가는 산통을 견딜 수 있었던 건

세상의 첫 울음소리, 그 소리 때문이었지

구피*의 하루

온종일 어항 속
태평양을 건너듯
출구 없는 레일 위를 돌리고 돌려도
또다시 제자리걸음 오늘이 갇혀 있다

한때는 내 어머니도 종종걸음치셨지
한여름 용천수에 발 한번 담글 새 없이
움푹 팬 발자국들은 어머니의 길이다

저들도 속수무책,
다람쥐 쳇바퀴 돌듯
저출산 막대그래프 눈금을 채워가듯
새끼들 한 달이 멀다, 수 싸움만 하고 있다

* 구피: 열대어.

야학의 꿈

죽지 안허난 살았주
아이고 목숨도 질경

우리 어멍 학교 보내줌네까
아덜덜만 시켰주

어쩌다 밤 야학강 오민
막 때리곡 헙데다*

전생에 소로 못 나면
여자로 태어난다던

어머니 받침 틀린
글자들이 흘림체로 흘려

못다 쓴 소설책 종장
채워가는 중이다

*채록집 『여성의 기억』 중 수산리 양○○(98세) 님의 구술 일부.

시대변천사

손에 물 한 방울 안 묻히고 키웠었지
앞치마 두르고 설거지하는 아들을 보며
돌아와 한숨 못 잤다고
푸념하던 옆집 엄마

그런 시절 있었지, 가부장적 시대론
출세를 내세우며 책상 위에 앉혀 놓고
맹목적 내리사랑으로
등 떠밀던 어머니

강산이 몇 번째 바뀌더니 너도나도
퇴근하면 달려가 집안일 분담해야 하는
진즉에 그랬어야 했어,
공평한 세상이지

제4부

메아리로 가득 찬
그 길 위에 마주 서면

당신^{堂神}을 찾던 당신

- 해안동, 동당

누구의 손길이었나 근원을 찾던 발길
미끄덩 넘어지며 무심의 단죄를 받듯
풀더미 허리 헤치며 길 없는 길을 간다

아침 이슬 밟으며 당신^{堂神}을 찾던 당신
지성으로 빌었던 간절함도 녹이 슬어
다 식은 제단 둘레에 표지석 하나 없는

당신^{堂神}은 거기 있는데 당신은 거기 없고
덩그러니 하늘로 손 내밀던 팽나무 아래
해안동 하르방당에 상사화꽃 피었다

어머니의 방*

곰삭은 시간 너머
건듯건듯 바람 불면
그곳에선 늘 마른 풀 냄새 풍겨온다
태초의 요람을 흔드는 윙이자랑 윙이자랑

아직도 그 소리가
환청으로 되살아나

풀죽 한 끼 먹인다며 주걱 휘휘 젓다가
솥에서 건져낸 모정 들판 위에 누웠다

이별은 예고 없이,
날아오는 화살처럼
멍하니 화석이 된 오백 장군 아들들이
철쭉 빛 하늘 한 자락 떠받들고 있는 방

＊어머니의 방: 제주돌문화공원에 있는 설문대할망을 기리는 방.

산방산, 그 자리

누가 저 산중에 돌의자를 빚었는가
한라산 봉우리로 만들어진 산방산엔

언제나 목젖이 부은
까치들이 살고 있지

메아리로 가득 찬 그 길 위에 마주 서면
해종일 기다려도 너는 다시 오지 않고

발갛게 노을 속으로
새 한 마리 날아간다

밤마다 다시 돋는
의지에 찬 별빛 따라

가쁜 숨 몰아쉬던 설문대할망 신선의 자리
산방산 선인 탑 바위, 턱을 괴고 앉았네

수산 유원지

동네 마실 가듯 다녀가는 바람결에
갇혀있던 물들이 수면水面 위로 닿을 듯 말 듯
짜르르 은어 떼 햇살 저수지에 내린다

한때는 수산리 하동, 번지마저 묻히고
소금쟁이 지난 길에 물수제비 뜨던 날
까르르 아이들 웃음 골목길을 맴돈다

그리운 것은 늘 그 자리에 남아 있다
잔설 덮인 한라산이 한 발짝 다가서면
오백 년 곰솔 나무의 굽은 등이 펴질 즘

만개한 추억들이 제방 위로 올라와
찰랑찰랑 꿈을 꾸며 손 맞잡던 친구여
수신자 주소도 없는 너의 안부를 묻는다

표해록 발자취 따라

- 장한철 표해록

꿈은 꾸는 자의 몫이라 누가 말했나
1770년 한양으로 과거시험 나선 발길
한겨울 검푸른 파도 조천바다 뒤로하고

모든 것은 한순간, 바람 앞의 촛불이었다
망망대해 파도 끝자락 저만치 떠밀리며
풍랑에 몸을 맡긴 채 미아처럼 떠돌던

부푼 것들은 모두 바닷속에 수장됐다
삿대도 하나 없이, 희망마저 놓친 채
깜깜한 절벽 끝에서 사투를 벌이던 밤

구사일생 살아나 꿈속에 짧은 인연
개매기 하트 안에 밀물이 들 때마다
청산도 십리 길 따라 동백꽃을 피운다

창꼼바위

언제 한번 다리 뻗고 쉬어본 적 있었던가

북촌리 환해장성 고망 난 돌 사이로

다려도 노을 앞바다 쏟아지는 붉은 화살

구상나무

아득한 벼랑 끝에 서 있는 이 누구인가

한라산 잡목 숲에 울음조차 눌러 삼킨

허옇게 신념을 태우며 살아 백 년, 죽어 백 년

봉근물

평화롭던 섬 안에 돌풍이 시작됐다
시시때때로 낮에는 군인, 밤에는 토벌대
숨죽인 발자국들이
하나둘 늘어만 가고

어느 한쪽으로도 기대지 못한 채
부르튼 맨발로 파랗게 엎드린 시간
한수기 곶자왈 궤 안,
일렁이던 거친 숨결

투쟁 아닌 투쟁이 끝도 없이 이어진 길
누가 동지고 누가 적인지 섣불리 알 수 없고
그 끝은 장담할 수 없다,
해방구는 어디일까

누구의 온정이었나 타는 목 축이라고
숲속 바위틈에 솟아난 봉근물
그것은 총과 칼보다
더 급한 목숨줄이었다

터진목*

세상 뜬 어느 사내
회오리바람 몰고 온

닿을 듯 닿지 못한 젖은 손 내밀며
터진목 붉은 발자국 모래알을 날린다

절벽 같은 시간을
파도 위에 뿌려놓고

겨우내 모래톱에 새겨 넣은 불립문자
오늘은 누구의 죄를 단죄하려 드는가

*터진목: 성산 앞바다 광치기해변의 학살 터로, 4·3사건 당시 이곳에
서 무고한 양민 400여 명이 무참히 학살되었다.

빛의 벙커

- 반 고흐 전

툭툭 찍은 점들이
어둠 속에 길을 낸다

붓 자국 가는 곳마다 길이 되고 숲을 이뤄
밀밭에 까마귀 떼들 하늘을 날아오르는

날마다 꿈을 꾸며
저 들판을 달렸었지

지는 해 온기를 담아 끊임없이 덧칠해도
허기진 삶의 모퉁이 소용돌이로 떠밀리는

검푸른 하늘에는
그래도 태양은 떴다

밤마다 별똥별이 속절없이 떨어져도
방 안의 해바라기꽃 피다 지고, 피다 지는

물과 물이 손 맞잡고

물과 물이 손 맞잡고 유유히 흐르듯
저 강만 넘으면, 저 강만 넘으면
강화도 민통선 지나 제적봉 평화전망대

반세기 훌쩍 넘긴 녹슨 철조망 너머
저항과 시련의 간절함도 무색한 채
새들만 통행증 없이 그곳을 넘나든다

흐르는 물줄기를 거역할 수 없듯이
언젠가 통일의 노래 가슴 속속 새기며
망원경 눈 맞춰보는 황해도 능선 바라기

ㄱ시락당

어깨만 들썩여도
수평선에 두 손 모으며
백지 한 장, 쌀 한 사발 용연다리 건너서
누구의 발길이었나 향냄새 진동하네

때로는 잔잔한 바다
왜 이리 낯설까
밀리고 떠밀리다 부서지는 파도처럼
아득히 저 멀리에서 웅크리고 있느니

바다를 운명으로
펄럭이는 촛불 앞에
촛농으로 녹은 마음 촛농으로 아우르며
오늘도 안녕을 비는 바다의 수호자여

하늘 연못*

연못 위로 퍼져가는 주름진 하루가
아침햇살 등에 업고 윤슬로 반짝이는
설문대 신의 품으로
한 발짝 다가선다

찰랑찰랑 숨소리 죽이며 주문을 걸듯
딱 저만큼의 눈높이로 세상을 바라보는
언제나 옹달샘처럼 넘치지 않게 하소서

'이곳에 흠 있는 자, 네 죄를 사할지니'
요단강 성령의 비둘기 하늘 위로 날아들고
돌 문화 하늘 연못엔
고해성사 한창이다

*하늘 연못: 설문대할망 솥단지를 표현한 제주돌문화공원 연못.

제5부

기다린 당신의
봄은

한라산의 겨울

추울수록 뜨거워지는 민초들의 결기처럼

눈 쌓인 선작지왓 서로 등 기대고

밟히면 더 단단해지는 뿌리들이 여기 있다

그날, 이후

한 치 앞도 알 수 없어 얼떨결에 벗어 던진

섯알오름 제단 위에 불도장처럼 놓여있는

아직도 맨발이십니까 검정 고무신 한 켤레

달그락, 봄

기다린 당신의 봄은
어디에 있습니까

그 겨울 골목길에 발소리도 낮추며
살아서 돌아오리라 울먹이던 아버지

몇 번의 계절 앞에
당신은 오지 않고

무작정 찾아든 숲, 빗금 친 날들 사이
풀뿌리 근성으로 건딘 발자국이 뜨겁다

꽁꽁 언 낮과 밤
봉인된 시간을 풀며

달그락 숟가락 소리, 얼음장 녹는 소리
드디어 재회를 꿈꾸는 얼음새꽃 떨리는 손

사월을 노래하다

- 고사리

겨우내 허허 들판 음지로만 키워온
이제는 화해와 상생, 사월의 피켓 들고

누구나 선착순이다,
평화를 노래하는

날마다 제 한 몸 기꺼이 내어주며
꺾고 꺾어도 별빛처럼 감겨오던

할머니 귀밑머리에
새치처럼 돋아난

단비 종일 내렸다

얼마나 많은 날,
들판 위에 서 있었나

눈이 있어도 보지 못하고
입이 있어도 말하지 못했네
4·3의 행방불명 영령, 백비로 누운 날

오랜 시간 말문 닫고 침묵으로 답하시던
겨우내 아랫목에 피워올린 꽃 등 하나
컴컴한 세상을 건너
손 흔드는 영령이시여

그토록 마른하늘에
단비 종일 내렸다

대지를 흠뻑 적신 땅 위에 아지랑이
진혼곡 한 구절 한 구절 후렴구를 부르네

어떤 영상

일상의 긴장감으로 갑갑함을 달래던
동영상으로 전해온 한적한 공항 안

두 꼬마 하늘을 날 듯
달리기하고 있다

이맘때면 자유롭게 저 트랩을 밟았었지
무한한 공기와 자유마저 속박된 채

마스크 복면을 쓰고
활보하는 외계인

싱어게인

저마다의 소망으로 무대 위에 올라서면
숫자로 매겨지는 이름은 아직 뗣다
숨죽인 박동 소리만
점점 더 커지고

떨지 마,
침착에 침착을 가장한
다시 피운 선율들이 가슴과 가슴으로
통기타 낮은음에도 튕겨내는 삶이 있다

환하게 밝아지는 표정들도 잠시 잠깐
전광판 빨간 불빛 하나둘 켜질 때마다
터져라, 희비喜悲의 곡선
쌍무지개 떠 있다

보리밭

혼자 있어도 혼자 아닌 것들이 있다

바람 부는 가파도 청보리밭에 서 있으면

들리네, 광화문 함성 여기까지 와닿네

팽목항에서

미안하다, 미안하다 고개를 떨구다 본

어느새 바다를 지운 아이들이 웃는다

종이배 출렁거리며 섬 하나를 건넌다

탐라입춘굿

어디서 오는 걸까, 살얼음 얼던 그곳
간절한 것은 늘 한 발짝 앞서 오는가
길 위에 중심을 잃고 놓쳐버린 시간아

계절은 소리 없이 검은 장막을 걷고
원도심 담벼락 사이 따스한 이 온기
어느새 탐라입춘굿 새 철 드는 날이다

일만 팔천여 신들이 다 모여들고
올해의 풍요와 도민의 안녕을 비는
관덕정 낭쉐* 앞에서 환하게 웃고 선 봄

*낭쉐: 나무로 만든 소, 탐라입춘굿의 상징물.

달밤

사람은 떠나가도
동백꽃만 붉게 피어

어제를 증언하듯 형형한 눈빛 하나
말갛게 고인 말씀이 댓돌 위에 놓여있다

퍼렇게 가슴 저린 시간 속을 빠져나와
푸른 이끼 골목길에 담쟁이 뻗어나고
성읍리 조몽구 생가 하늬바람 세 들어 살던

달밤이면 별이 된 아이들이 내려와
마당 한가득 초롱초롱 촛불 켜고
골목길 어귀에 앉아 아버지를 기다린다

오늘도 아버지는
돌아오지 않았다

절규하듯 빈 항아리 한숨들 새 나가고
지붕 위 하얀 달그림자 지문처럼 찍혀있는

도문에 말하다

폭염 속 푸른 꿈 찾아 여기까지 왔습니다
연길 거쳐 이도백하 장백폭포 천지까지
유람선 나루터 앞에
우두커니 멈춰선

어찌하여 두만강을 마주보기만 하고 있나
얼기설기 얽어놓은 뗏목 위에 올라타면
옷 대신 가슴 한 자락
자꾸만 젖어드는

아직도 독백으로 꿈을 꾸고 있으신가
자유의 깃발 아래 민둥산에 봄이 오기를
휴대폰 만지작이다
물결이나 만지작이다

만주

무성했던 그날의 직립의 끝은 어디일까

자작나무 마디마디 일렁이던 불꽃이여

허옇게 등 곧추세운 나뭇등걸을 보아라

만주의 들판 아래 묵묵히 선 채로

오르고 또 올라도 허기진 하늘 한 뼘

비워서 또 채워지는 그 하루가 너무 길다

─────

결핍의 시간,
충일의 욕망

임채성(시인)

결핍의 시간,
충일의 욕망

    사람을 뜻하는 '인간(人間)'이라는 말은 '사람과 사람 사이', 즉 '관계'를 의미한다. 우리의 삶은 무수한 관계의 총합이면서 다양한 인연의 과정이다. 인연이라는 말에서 '인(因)'은 결과를 낳게 하는 직접적인 원인을 말하고, '연(緣)'은 '인'을 만드는 간접적인 조건을 말한다. 그래서 '인'은 내적인 것이고, '연'은 외적인 것이다. 내적 조건인 '인'과 외적 조건인 '연'이 결합해서 생겨나는 것이 '과(果)'이고, 이 결합이 해체됨으로써 모든 것이 사라진다는 것이 불교에서 말하는 '인연'이다. 우리의 삶은 부모와 자식, 친구와 연인, 기타 여러 관계를 통해 얻은 체험적 지식 등이 자신 안에 축적되어 '인'을 만든다. 그 '인'이 '연'을 만나서 우리의 희망이 되고, 슬픔이 되고, 앞길을 비추는 등불이 된다.

    이러한 인연 혹은 관계의 변화는 우리의 삶을 충

만으로 이끌기도 하지만 결핍(缺乏, Deprivation)의 존재로 만들기도 한다. 결핍이 없는 사람은 없다. 모든 권력을 손에 쥔 제왕도, 천문학적인 재산을 가진 억만장자도, 눈부신 외모의 절세가인도 결핍은 있기 마련이다. 프랑스의 철학자이자 정신분석학자인 자크 라캉(Jaques Lacan)은 인간은 태어나면서부터 채워지지 않는 근원적인 결핍이 있다고 했다. 이는 어머니와의 분리에 의해 충족되지 않은 사랑으로 비유된다. 그래서 주체는 타자(他者)와의 관계에서, 그리고 타자 속에서 타자의 결핍을 경험하며 살아간다. 그리고 타자를 욕망하고, 타자의 욕망을 욕망하며 살아간다는 것이다.

결핍은 물질적일 뿐만 아니라 정신적이기도 하다. 관계의 단절, 마음의 갈등, 내면의 갈증 등이 그것이다. 결핍은 욕망을 부른다. 결핍이 있기에 사람들은 타자를 찾고, 몸부림치며 어떤 대용물로 욕망을 채우려 애쓴다. 그리고 그 욕망하게 된 무언가가 나를 구성하거나 규정하고 있다고 믿는다. 욕망은 채워지는 순간 해소되는 욕구와는 다르다. 배고픔 같은 인간의 원초적인 갈구가 욕구라면, 욕구를 충족시켜도 해결되지 않는 근원적 결핍이 욕망이다. 채워도 채워지지 않는 것이 욕망의 속성이다. 결국, 삶이란 끝없이 자기 안의 결핍을 마주하며 그것을 채우려고 노력하는 과정이라 할 수 있다. 우리는 우리의 욕망을 채워 줄 것의 부재와 그것이 사라지고 남은 빈자리의 결핍을 경험하지 않을 수 없는데, 삶의 고독과 슬픔은 모두 여기에서 연유한다.

인간은 고독감과 고립감 속에서 그리움을 느낀다. 그리움의 대상이 떠나버린 시·공간에는 적막함과 고요함만 감돈다. 그 틈을 비집고 자라나는 공허함과 아쉬움은 불특정 다수를 바라보는 시각에 간절함과 애잔함을 더한다. 장영춘 시인은 바로 이 없는 것들과 사라지는 것들, 즉 부재하는 존재들에 대한 성찰과 자각을 통해 자기 삶의 의미와 지향이 무엇인가를 진지하게 탐구하고 있다. 인간의 근본적인 고독과 한계로 인한 결핍으로부터 그것을 스스로 채우려는 욕망의 발화, 그 내적인 역동성을 추구하고 있는 것이다.

2018년 『단애에 걸다』 이후 6년 만에 내놓는 이번 시집 『달그락, 봄』에서는 인간의 본성에 기반하여 부재와 결핍으로 인한 관계의 단절을 회복하려는 욕망의 현시화(顯示化)를 시도하고 있다. 이별 혹은 사별로 인한 그리움의 정서가 주조를 이루는 가운데, 일상에서의 자아와 근원적인 자아의 단절을 해소하려는 시도에서부터 자아와 타자의 불통을 넘어서려는 분투에 이르기까지 그 상관관계는 다분히 복합적이다. 기억 너머에 있는 그리움의 대상은 대부분 비가시적이라서 언어로 재현하거나 포착할 수밖에 없는 부재의 대상이다. 따라서 장영춘 시인의 시조는 부재하는 대상을 이미지로 재현하고, 재현할 수 없는 것은 언어로 가시화하는 방식으로 이루어진다.

장영춘 시인에게 시조는 자아와 세계를 관계 맺으려는 그리움의 알레고리이자 살아지고 멀어진 세계 사이에 다리를 놓으려는 욕망의 형상화라 할 수 있다. 현존하는 부재와 부조화 속에서도 그리움에 관한 욕망을 포기하지 않으려는 시인에게, 떠나버린 시간과 그 시간 속 존재들에 관한 추념이기도 하다. 삶의 연대기를 거슬러 삶의 진정성과 존재의 지고한 가치를 추구하는 시적 사유는 역사에 매몰당하면서도 영원을 지향한다. 이는 곧 관계의 해체가 가져온 존재론적 결핍과 역사적 일그러짐을 뛰어넘어 삶의 본원을 회복하려는 갈망으로 이어진다.

이 시집은 세 개의 큰 얼개로 구축되어 있다. 하나는 존재론적 기원에 대한 현재적 소환으로서 아버지와 어머니로 구현되는 육친에 관한 그리움이고, 또

다른 축은 부재와 단절에 이르게 된 역사적 사건의 상상적 재현이다. 그리고 마지막 하나는 부재와 결핍의 상황에서 벗어나고픈 강렬한 욕망의 발현이라 할 수 있다. 시조를 통해 그와 같은 관계성의 간극을 넘어서려는 시인의 시적 태도는 대단히 진중하고 견실하다.

1. 존재론적 기원에 대한 그리움

장영춘 시인의 이번 시집은 자아의 정서적 결핍을 초래한 사라진 존재와 세계에 관한 질문과 성찰이 전체의 배경이자 하나의 큰 축으로 자리 잡고 있다. 그것은 망각의 현실에 대한 반동이자 불가능한 현실을 받아들이고 싶지 않은 반항이다. 시인에게 있어 과거는 현존재의 실감 내지는 미래를 향한 묵시적 원형으로서 존재한다. 그 과거를 통해 시인은 현존의 부재를 자각한다. 현존 앞에서 부재는 결핍이고 고통이므로 욕망과 그리움을 생산한다. 그리움은 다시 볼 수 없어서 안타까운 마음이며 없거나 모자라서 헛헛해진 의식이다. 인간의 삶은 부재와 결핍이 마주치고 엇갈리는 상황의 연속이라고 보면, 다분히 생

래적인 것이다. 인간은 누구나 근원적인 결핍을 안
고 태어난다는 라캉의 말처럼 장영춘 시인 또한 생래
적 그리움을 매개로 시간 속에 매몰돼 가는 그리운
존재들을 소환하고 반추한다.

꿈이듯 생시이듯 어머니 떠나신 뒤
주인 없는 빈집에 동그마니 노란 지팡이
해종일 졸고 있다가
골목길로 접어선

헛헛한 생각들 호주머니 속 꺼내 들고
행방을 알 수 없어 바람마저 주춤대는
네거리 신호 앞에서 갈 길을 묻는다

어깨 한쪽이 휘도록 버스는 오지 않았다
돌아설 수도 건널 수도, 발만 동동 구르다
어머니 노을 진 저녁
혼자 길을 건넌다

– 「노란 지팡이」 전문

인간에게 '그리움'이라는 감정을 갖게 만드는 가장 강력한 동인은 결핍과 욕망이다. 부재하는 무언가를 놓고 느끼는 헛헛한 감정인 '결핍'과 그것을 채우고자 하는 강렬한 의지인 '욕망'이 복잡하게 얽히면서 우리의 마음은 더욱 신산해진다. 부재란, 현상계가 아닌 상상계에만 존재함으로써 감정이나 언어의 교류가 단절되었다는 뜻이다. 죽음을 뛰어넘는 존재의 복원은 불가능하다. 무의식 어딘가에서 '불가능'이란 단어를 떠올릴 때, 인간은 그 '상실'을 인정할 수 없어 점점 더 허기와 갈증에 빠져들게 된다. 하지만 우리의 인식세계에서는 존재의 복원이 가능하다. 시인은 그러한 인식세계에 발을 담근 채 존재의 복원을 꾀하는 자이다. 그러므로 시인의 눈을 잡아당기는 힘은 존재가 아닌 부재의 포착에 있다.

「노란 지팡이」에서 장영춘 시인은 어머니의 존재 부재를 확인한다. 어머니의 부재는 "꿈이듯 생시이듯" 아직도 실감되지 않는다. 그 이유는 "노란 지팡이" 때문이다. 그 지팡이는 '떠나시기 전' 어머니의 분신과도 같은 존재였을 것이다. "주인 없는 빈집에 동그마니" 놓인 '지팡이'는 화자가 아직 마음으로는 어머니를 떠나보내지 못했음을 은유한다. 시인에게 어머니는 어떤 존재였을까? "한 번도 제 둘레를 재어

본 적 없는" '상수리나무'(「어머니 숲」)였고, "38도 땡볕 아래" 화자를 "품었던" '아프리카 펭귄'(「아프리카 펭귄」)이었으며, "한여름 용천수에 발 한번 담글 새 없이" "종종걸음치던" '구피'(「구피의 하루」) 같은 존재였다. "전생에 소로 못 나면/ 여자로 태어난다던"(「야학의 꿈」) 차별의 한스러움에 눈물지었을 어머니를 생각하며 화자는 "바람마저 주춤대는/ 네거리 신호 앞에서 갈 길을 묻"고 있지만 대답해 줄 이는 거기에 없다. 그래서 "돌아설 수도 건널 수도" 없어 "발만 동동 구"른다. 세상사 모든 고빗사위의 실라잡이가 되어주던 어머니가 없는 세상의 길은 그처럼 막막하고 처연한 것이다.

그 오랜 잔설같이 기억 속에 살아있는
아버지 밥상 위 김 오르던 반지기밥

오월의 가로수길에
이팝나무 꽃피었네

배불리 먹어보라고 아버지의 고봉밥
한 숟갈 덜어주시고 짠하게 웃어주시던

아무리 먹고 먹어도

허기로 피는 꽃

- 「반지기밥」 전문

지팡이에서 어머니를 반추하듯 시인은 다시 이팝나무에서 아버지를 떠올린다. 이팝나무는 늦은 봄에 나무 전체를 휘덮을 정도로 흰 꽃이 피는데, 이를 멀리서 바라보면 꽃송이가 사발에 소복이 얹힌 흰 쌀밥처럼 보여 '이밥나무'라고 했으며, 이밥(쌀밥)이 이팝으로 변한 것으로 알려져 있다. 인용시의 '반지기밥'은 보리쌀 위에 쌀 한 줌을 얹어 지은 밥을 말한다. 즉, 쌀과 보리가 반반씩 섞인 잡곡밥이라는 의미다. 쌀밥을 배불리 먹을 수 없었던 궁핍한 시절의 이야기다. "오월의 가로수길에 피"어 있는 '이팝나무 꽃'이 화자에게는 "아버지의 고봉밥"처럼 보인다. "배불리 먹어보라고" "한 숟갈 덜어주시고 짠하게 웃어주시던" 아버지 또한 부재의 존재이다. 그 아버지는 "수평선 마주하고 세상과 타협하며/ 때로는 거친 지팡이 차가운 매를 드시던" '우직한'(「아버지의 바다-용천수」) 분이셨다. 그런 아버지가 없는 현실은 "아무리 먹고 먹어도/ 허기"만 피어난다. 이처럼 장영춘 시인은 부재와 결핍, 고통과 혼돈, 꿈과 환상 사이에서 존재의 비의(悲意)를 감각한다. 가고 없는 부모는 결핍이고 부재로써만 마음에 새겨진다. 무의식으로 남은 이 망각의 기억은 우연한 계기로 복원되는데, 이 망각에서 복원되는 기억들이 그리움의 원천을 만드는 것이다.

누구의 손길이었나 근원을 찾던 발길
미끄덩 넘어지며 무심의 단죄를 받듯
풀더미 허리 헤치며 길 없는 길을 간다

아침 이슬 밟으며 당신堂神을 찾던 당신
지성으로 빌었던 간절함도 녹이 슬어
다 식은 제단 둘레에 표지석 하나 없는

당신堂神은 거기 있는데 당신은 거기 없고
덩그러니 하늘로 손 내밀던 팽나무 아래
해안동 하르방당에 상사화꽃 피었다
                              – 「당신堂神을 찾던 당신」 전문

세상의 길라잡이가 되어주던 어머니와 '밥'을 위해 우직한 삶을 사셨던 아버지의 모습처럼 시인에게 있어 부모는 절대자이자 수호신과도 같은 존재였을 것이다. 그들은 어쩌면 신의 모습으로 현현하고 있었을지도 모른다. 위의 인용시는 그런 부모의 존재를 신과 동격화하고 있는 작품이다. 제주도에는 유독 신당이 많다. 척박한 풍토와 가혹한 자연환경으로부터 안녕과 풍요를 기원하는 마을 신앙의 장소인 신당은 여러 형태로 존재해 왔다. 그중 마을 공동체의 신을 모시는 성스러운 장소를 본향당이라 하는데, 제주 해안동에 있는 동당 또한 본향당의 하나이다. 해안동의 본향당이기 때문에 '동당(洞堂)'이라고 부른다. 이곳의 주신인 '대별왕또'가 남신이라서 '하르방당'이라고도 한다.

그러한 '해안동 하르방당'에 "지성으로 빌"기 위해 "아침이슬 밟으며" 찾아가던 '당신'은 이제 없다. 실재하지 않는 신은 아직 있는데, 실재하던 사람은 부재하는 현실의 아이러니가 그리움의 정한을 최대치로 끌어올린다. "당신(堂神)은 거기 있는데 당신은 거기 없"는 부재의 현장에 "상사화꽃"만 피어있다. 상사화는 잎과 꽃이 피는 시기가 달라 서로 만나지 못하기 때문에 그런 이름이 붙은 그리움의 상징이다. 그러니까 상사화의 원형은 화자가 못내 그리워하는 '당신'이란 존재이다. 화자가 지칭하는 '당신'이 어머니든, 아버지든, 둘 모두이든 대별왕또나 소별왕

또와 같은 수호신의 모습으로 깊이 각인되어 있는 것이다. 추상적인 존재를 보여주는 이 작품은 그리움 그 너머를 생각하게 한다는 데에 큰 의미가 있다. 시인은 현실의 풍경을 보여주는 듯하지만 독자로 하여금 시의 내면을 통해 그리움의 실체를 떠올리게 만든다. 화려한 수사나 기교 없이 쉬운 언어로 직조된 시편이지만 결코 상투적인 감상에만 머물지 않고 사색과 성찰의 시간으로 이끄는 힘을 느낄 수 있는 가편이라 할 수 있다.

순아, 자야, 부르던
그 이름들 어디 가고

아직도 저기,
과물 빨래터 맨 뒤쪽엔
밀물과 썰물 사이로 노란 똥 둥둥 뜬다

서툴게 비튼 기저귀
담벼락에 펄럭이고

물 봉봉 들어와 경계조차 지워진
멱 감다 물허벅 지고 달리던 발자국들

뉘엿뉘엿 수평선에

정적만 저리 남아

그리운 이름들 하나둘 건져 올리면

빨래터 방망이 소리 옥타브를 타고 있다

– 「아직도 저기,」 전문

　부재하는 현실에서 파생된 그리움의 욕망은 추억의 장소에 와서 방점을 찍는다. 가버린 지난날에 대한 그리움을 품고 사는 시인들을 일러 영원한 노스탤지어(nostalgia)에 시달리는 존재라고 하지 않던가. 고향을 떠난 존재들은 어느 장소에 있더라도 이방인이 될 수밖에 없다. 이방인의 눈에 비친 원형적 고향의 기억은 시간이 흘러도 퇴색되지 않는다. 장영춘 시인 또한 원형적 고향의 부재에서 느끼는 공허함과 그리움으로 「아직도 저기,」라는 가편을 만들어냈다. 제주도의 지층은 화산암으로 구성돼 있다. 비가 오면 대부분의 빗물이 고이지 않고 땅속으로 스며들어 대수층을 따라 흐르다 암석이나 지층의 틈을 통해 지표면으로 솟아나는데, 이것이 용천수다. 시인의 고향인 제주 애월읍 곽지리 해변에는 '과물'이라는 용천수가 있다. 이곳에서 사람들은 멱을 감고 빨래를 했다. '아직도 거기'에는 "노란 똥 둥둥 뜨"는 '빨래터'가 있다. 그런데 "순아, 자야, 부르던/ 그 이름들 어디 가고" 없다. "멱 감다 물허벅 지고 달리던 발자국들"도 지워졌다. '정적만' 남아 있는 그곳에서 "그리운 이름들 하나둘 건져 올리면" "빨래터 방망이 소리"가 환청으로 되살아나는 것이다. 형태는 남았지만 어린 시절의 온기와 추억은 지워버린 빨래터는 시인이 느끼는 고향 마을을 대유(代喩)한다. 세파에 물든 현실의 때는 씻지 못하고 그리운 이름들과 추억들만 씻어버린 빨래터의 역설 앞에서 시인은 애잔한 그리움에 젖는 것이다. 이러한 정서는 "만개한 추억들이 제방 위로 올라와/ 찰랑찰랑 꿈을 꾸며 손 맞잡던 친구여/ 수신자 주소도 없는 너의 안부를 묻는다"고 노래한 「수산 유원지」에서도 발현된다는 점에서 장영춘 시조미학의 한 원천이라 할 수 있다.

2. 역사적 사건의 상상적 재현

장영춘 시인에게 있어 존재론적 기원에 대한 부재와 단절의 비감한 정서는 근현대사의 비극적 사건에서 빚어졌을 가능성이 높다. 제주도는 일제강점기

대륙침략의 교두보로써 일제의 군사기지로 쓰이다가 해방 이후에는 민족 최대의 학살 참극을 빚어낸 아픔의 현장이다. 그 비극의 역사가 바로 '4·3'이다. '제주4·3사건 진상 규명 및 희생자 명예 회복에 관한 특별법'은 4·3을 이렇게 정의한다. "1947년 3월 1일을 기점으로 1948년 4월 3일 발생한 소요 사태 및 1954년 9월 21일까지 제주도에서 발생한 무력 충돌과 그 진압 과정에서 주민들이 희생당한 사건"이라고. 4·3은 냉전과 분단이라는 외적 조건과 외부 세력의 탄압에 맞서 저항한 제주 섬 공동체의 내적 조건이 맞물려 일어난 비극이었다. 고향이자 정처인 제주의 시인인 그가 응시하지 않을 수 없는 제주의 역사는 곧 가족사와도 직결됨으로써 그 파장을 키운다. 시인이 그려내고 있는 제주의 비극적 서사는, 4·3의 비극에 대한 반추와 제주어의 발견을 통해 이루어지고 있다.

평화롭던 섬 안에 돌풍이 시작됐다
시시때때로 낮에는 군인, 밤에는 토벌대
숨죽인 발자국들이
하나둘 늘어만 가고

어느 한쪽으로도 기대지 못한 채
부르튼 맨발로 파랗게 엎드린 시간
한수기 곶자왈 궤 안,
일렁이던 거친 숨결

투쟁 아닌 투쟁이 끝도 없이 이어진 길
누가 동지고 누가 적인지 섣불리 알 수 없고
그 끝은 장담할 수 없다,
해방구는 어디일까

누구의 온정이었나 타는 목 축이라고
숲속 바위틈에 솟아난 봉근물
그것은 총과 칼보다
더 급한 목숨줄이었다

-「봉근물」 전문

'봉근물'은 서귀포시 대정읍 무릉리의 한수기숲에 있는 샘물이다. '봉근물'이란 말은 '어쩌다 우연히 주운 물'이라는 제주 토속어다. 커다란 숲을 뜻하는 한수기숲은 4·3 당시 인근 지역 주민들이 생존을 위해 은신했던 곶자왈 지대다. 곶자왈에서는 빗물이 돌틈 사이로 스며들기 때문에 샘을 찾기도 어렵고, 물

웅덩이를 만들기도 쉽지 않다. 토벌대와 무장대를 피해 곶자왈로 숨어든 지역민들에게 봉근물은 사막의 오아시스 같았을 것이다. 시인의 시선은 바로 여기에 맞춰져 있다. "어느 한쪽으로도 기대지 못한 채/ 부르튼 맨발로 파랗게 엎드"려 있어야만 했던 곶자왈 동굴(궤) 안에서의 생활. 이념이 아닌 생존투쟁이 "끝도 없이 이어진 길"에서 "타는 목 축이라고/ 숲속 바위틈에 솟아난 봉근물"은 "총과 칼보다/ 더 급한 목숨줄이었"던 셈이다. 어쩌면 그 피난민들 속에 시인의 부모나 친척이 들어 있었을지도 모를 일이다. 그날의 목숨줄이었던 봉근물은 이제 그때 스러져간 영혼들과 그 후손들이 흘린 눈물로 오늘의 우리에게 다가오고 있다. 이처럼 4·3의 아픔을 반추하며 진혼하는 시편은 「터진 목」, 「그날, 이후」, 「달밤」, 「사월을 노래하다-고사리」, 「단비 종일 내렸다」 등 여러 편에 이른다.

　　기다린 당신의 봄은
　　어디에 있습니까

　　그 겨울 골목길에 발소리도 낮추며
　　살아서 돌아오리라 울먹이던 아버지

몇 번의 계절 앞에

당신은 오지 않고

무작정 찾아든 숲, 빗금 친 날들 사이

풀뿌리 근성으로 견딘 발자국이 뜨겁다

꽁꽁 언 낮과 밤

봉인된 시간을 풀며

달그락 숟가락 소리, 얼음장 녹는 소리

드디어 재회를 꿈꾸는 얼음새꽃 떨리는 손

– 「달그락, 봄」 전문

　　장영춘 시인은 이번 시집에서 '가족'에 관한 그리
움의 사유를 유감없이 펼쳐 보이고 있다. 이는 개인
사적인 가족의 죽음과 근현대사의 가장 처절한 비극
이 일어난 4·3의 비극성을 절제된 감정으로 담담하
게 직조하는 바탕이 된다. 위의 작품 「달그락, 봄」에
는 "살아서 돌아오리라 울먹이던 아버지"를 기다리
는 어린 화자의 마음이 잘 투영되어 있다. 아버지가
집을 떠난 '겨울'이 지나고 "몇 번의 계절"이 바뀌는
데도 아버지는 오지 않는다. 아버지를 기다리는 화

자의 마음은 봄을 기다리는 마음이다. "꽁꽁 언 낮과 밤/ 봉인된 시간을 풀며" "재회를 꿈꾸"고 있는 것이다. 그것은 곧 4·3의 진실 규명과 이를 통해 "화해와 상생"(『사월을 노래하다-고사리』)의 미래로 나아가자는 소망의 발현이기도 하다. "얼음장 녹는 소리"에 누구보다 먼저 반응하는 봄의 전령사가 '얼음새꽃'이다. 흔히 '복수초'로 불리는 그 노란 꽃망울이 활짝 피어날 때 "어제 놓아버린/ 핏줄 마른 다짐들이// 또다시 꽃 앞에서 속수무책 무너지고/ 게으른 발자국 털며 출렁이며 오는 봄"(『봄, 엿보다』)을 기다리는 것이다. 그리하여 "관덕정 낭쉐 앞에서 환하게 웃고 선 봄"날(『탐라입춘굿』), "서로의 눈빛만으로도/ 뭉클하고 뭉클해지"는(『해후』) 기쁨을 누려보고 싶은 것이다.

이처럼 봄을 갈망하는 시인의 마음은 시집의 맨 첫자리에 「봄, 엿보다」를 배치한 것에서도 엿볼 수 있듯 다수의 시편에서 발견된다. 또한, 그리움을 매개한 시인의 기다림은 '얼음새꽃'처럼 노란색의 이미지를 즐겨 차용하게 만드는 근원이 되고 있다. 전쟁에 나간 사람의 무사귀환을 바라는 뜻으로 시작된 '노란 리본'의 상징색인 노랑은 「그 사랑 어쩌라고」, 「남이섬 연가」, 「책장을 정리하다」, 「노란 지팡이」,

「팔순의 마당」, 「아직도 저기,」 등 다수의 작품에서 발견되는 중요한 특징 중의 하나이다.

> 미안하다, 미안하다 고개를 떨구다 본
>
> 어느새 바다를 지운 아이들이 웃는다
>
> 종이배 출렁거리며 섬 하나를 건넌다
>
> – 「팽목항에서」 전문

시대의 아픔을 반추하며 비명에 스러진 영혼들을 진혼하는 시인의 나직한 목소리는 제주도라는 지역의 경계를 넘어 국가적 공동체로도 이전 확장된다. 주지하다시피 팽목항은 2014년 4월 16일 인천에서 제주로 향하던 여객선 세월호가 진도 해상에서 침몰한 사건을 기리는 추모의 현장이다. 이곳에서 시인은 '못난 어른'의 한 사람으로서 참회하는 마음으로서 있다. 어른들의 부조리와 부주의로 인해 죄 없는 '아이들'이 희생된 것에 대한 반성이다. 이러한 마음은 해방 정국의 소용돌이 속에서 4·3의 비극을 예방하지도, 해결하지도 못한 미국 군정과 위정자들에 대한 에두른 비판이기도 하다. "어느새 바다를 지운 아이들이 웃"으려면 책임 있는 자들의 진정성 있는 참회가 뒤따라야 한다는 역설이기도 하다. "종이배 출렁거리며 섬 하나를 건넌다"는 표현은 이에 대한 묘사이다. 사태 해결에 마침표를 찍고, 진혼과 씻김을 위해서는 사건의 은폐 축소가 아니라 고개부터 숙여야 한다는 인식 전환의 필요성을 조곤조곤하게 풀어놓고 있는 것이다.

3. 충일의 욕망과 극복의 의지

'결핍'은 사랑과 욕망을 매개한다. 결핍 안에서 정해지는 사유의 방향에 따라 인간의 영혼은 존재론적 상승을 바라보기도 하고, 욕망의 논리 속에서 세속과 염세에 물들어 하강하기도 한다. 이번 시집에서 보여주는 장영춘 시학의 또 다른 특징은 부재와 결핍을 딛고 일어서려는 힘에 있다. 분명한 실재로서 존재했던 것들의 부재, 채워져 있어야 할 것의 결핍에 대한 반작용으로서의 사랑과 그리움이 이번 시집의 근간이자 궁극이라 할 수 있다. 지나버린 시간과 사라지고 잊혀진 존재들에 대한 곡진한 연민과 성찰을 통해 자아의 내면에 일어나는 바람소리, 물소리를 잠재우려 하는 것이다. 그 때문에 시인은 말솜씨가 뛰어난 달변가가 되기보다는 자아와 세계의 동일성을 추구하는 풍부한 감정의 소유자로 현현하고 있다.

그냥 눈빛만으로 위로되는 날 있지
어제를 묻고 온 자작나무 숲속에
묵묵히 바람 맞서며 속살 한 겹 벗겨내는

아무리 힘들어도 구부리진 않았이
하늘이 내어준 그 높이를 따라갔을 뿐
지나는 길손에게도 손 내민 적 없었네

한겨울 꼿꼿함에 너를 보며 견뎠어
사계절 아랑곳없이 덕질에 덕질해도
몇 해를 보내고서야 그제야 알게 됐지

때로는 휘인 가지에 이별을 불러오듯
한순간 솟아오르다 지는 게 사랑이라고
아직도 불씨 한 점이 나를 향해 당기네

– 「자작나무 소묘」 전문

시인은 '지금-여기'의 관점에서 자작나무에 기대어 "한순간 솟아오르다 지는 게 사랑이라고" 인정하는 것이 더 실존임을 인식한다. 자신이 버텨온 지난 시간은 "아무리 힘들어도 구부리진 않았"고, "지나는 길손에게도 손 내민 적 없었"던 날들의 연속이었다. 그것은 자작나무의 생태와도 일치한다. 곧 화자는 거울을 보듯 자작나무를 마주하고 있다. 그리하여 과거 지향적인 "어제를 묻고" 실체적이고 감각적인 '꼿꼿함'을 추구하게 된 것이다. 이것은 과거에 대한 거부나 부정이 아니다. "아직도" "나를 향해 당기"는 "불씨 한 점"으로 향하는 내밀한 사유다. 자신의 삶을 보듬어 안으려는 자기애(自己愛)다. '불씨 한 점'의 미래는 새로운 삶이지만 그것이 잉태한 '이별'은 곧 소멸이다. 결국, 소멸과 죽음으로 치닫는 미래를 담담하게 받아들일 수밖에 없는 숙명을 끌어안으려 하는 것이다. 그리하여 "오늘도 탈출을 꿈꾸"는(「족쇄를 풀어줘」) 시인은 "참, 먼 길 돌아/ 예까지 왔"다는(「번아웃」) 자각을 통해 "한 생의/ 쓰고도 단맛/ 소주잔이 넘치"게 하는 "금빛 두른 노장들"(「노각」)의 삶을 덤덤히 받아들이는 경지에 이르게 된다. "층층 쌓인 삶의 무게 그마저 내려놓고/ 나만의 길 위에 잠시,/ 쉬어가도 좋겠다"(「폭설」)는 여유도 여기에서 비롯된다고 하겠다.

사람도 섬이 되는 그런 날이 있다

저녁이면 물안개 이불처럼 덮여오는

새소리 물소리 잠든

해안가를 맴돈다

사람과 사람 사이 좁혀서야 보이는

출렁이던 시간도 파도 속에 묻힌 채

결핍된 마음 한 자락 헹구고 또 헹궈보는

썰물이 지난 자리 밀물이 차오르듯

이제 막 무장해제 하루를 재워놓고

다려도 저녁놀 속에

순한 손을 담근다

– 「무인도」 전문

인간은 본질적으로 상호작용을 통해 관계를 다지는 사회적 동물이지만, 인간의 이기심과 욕망에 의한 관계의 복잡성은 역설적으로 인간을 스트레스와 고통으로 이끄는 원인이 되기도 한다. 관계의 고통에서 벗어나기 위해서는 스스로 고독한 존재가 되는 수밖에 없다. 이때의 '고독'은 관계의 단절을 표방하지만, 내면의 자아를 깨닫고 깊은 사색을 할 수 있는 성찰과 기회의 시간이 되기도 한다. 그런 점에서 고독과 외로움은 같은 말이 아니다. 외로움은 고독으로 치유할 수 있기 때문이다. 스스로 자신 안에 무한한 세계를 품고 있는 존재라는 점을 자각하고, 혼자서도 완전한 충족감을 느낄 수 있게 하는 '고독의 기술'을 장영춘 시인은 이미 터득한 듯하다. 인용시 「무인도」에서 사방이 물로 둘러싸여 있는 '섬'은 자아가 처한 심리적 고립무원을 상징하지만, 한편으로는 어디로든 나아갈 수 있는 출발점이 되기도 한다. "사람도 섬이 되는 그런 날" 화자는 "새소리 물소리 잠든/ 해안가를 맴돈다". "사람과 사람 사이 좁혀"도 보고, "결핍된 마음 한 자락 헹구고 또 헹궈보"기 위해서다. 스스로를 고독한 존재로 만들어 깊은 사색의 세계로 빠져들게 만드는 것이다. 이를 통해 "썰물이 지난 자리 밀물이 차오르듯" 결핍의 내면을 채우고 마음의 평안을 얻는다. '고독'이란 두 개의 음절에 '서다'라는 뜻의 립[立] 자를 각각 붙여보면 '고립'과 '독립'이 된다. 바다 한가운데 홀로 떠 있는 섬이 고립된 존재인지 독립된 존재인지는 결국 고독으로 외로움을 치유할 수 있느냐, 없느냐에 달려 있다고 해도 과히 틀린 말은 아닐 것이다.

한 권 두 권 차오르는

책꽂이를 보면서

지나온 흔적만큼 커지는 미련을 두고

이제는 미룰 수 없어 정리를 시작한다

언제 그 어디쯤

읽다 만 페이지에

누렇게 손때 묻은 책장을 넘기다가

밑줄 친, 한 문장 속의 따뜻했던 위로여

그날 그 시간이

오롯이 재생되어

살며시 단어 한 줄 가슴에 받아 안고

잘 가라 어제를 노래하던,

노란 잎새 수북하다

– 「책장을 정리하다」 전문

시적 주체의 내적 정념을 고백하고 있는 「책장을
정리하다」는 그의 시조가 추구하는 유장미와 성찰적
사유의 형질을 특징적으로 담아낸다. 그것은 이 시
집의 발원지이자 지향점을 축약해놓은 「시인의 말」

에서 "안개가 걷히길 기다리며/ 조급해하지 않기로 했다"는 결심과도 상통한다. 그런 점에서 그의 시적 지향성에 대한 하나의 암시를 읽을 수 있다. 그 암시의 끝자락에는 현실 너머에 잠재한 어떤 가능성을 응시하고 감지하며 그것을 현현하려는 삶의 통찰이 자리한다. 인용 시에서 화자는 "지나온 흔적만큼 커지는 미련을 두고/ 이제는 미룰 수 없어" '책꽂이' "정리를 시작한다". 자아와 세계의 고통스러운 관계를 끝냄으로써 과거를 과거 속에 묻으려는 것이다. 여기서 책은 화자의 오늘을 이끌어준 교범이자 지침이다. 어디로 가야 할지 몰라 방황할 때마다 길을 알려준 나침반이기도 하다. 책이라는 길잡이로 인해 시인이 돌아보는 과거는 고통으로만 점철된 페이지가 아니었다. 거기에는 "밑줄 친, 한 문장 속의 따뜻했던 위로"가 있어 "단어 한 줄 가슴에 받아 안"을 수 있는 시간이 될 수 있었다.

시적 대상에 대한 시인의 시선과 목소리는 따뜻하고 차분하며 정관적(靜觀的)이다. 자기 고백을 통해 자아와 세계의 동일성을 추구하는 서정 양식의 본래 특성에도 부합하는 일이다. 차분하면서도 자기 고백적인 시적 태도는 내밀한 욕망의 정서와 언어 감각을 조화시키려는 의도일 것이며, 자아와 세계를 껴안으면서 찰나적 정신의 핵심에 이르고자 하는 시적 전략일 것이다. 그러한 전략은 의식과 무의식, 현실과 환상, 자아와 대상이 뒤엉킨 상태를 표상하기도 한다. 각성된 정신과 감각 속에서 현존의 부재와 내면의 결핍을 인정하고 받아들임으로써 세계와 화해하고 그 세계를 자아화하는 것이다. "이끼 낀 초원 위를 밤새도록 달리다/ 고목에 싹을 틔우"는 「연두의 시간」으로 나아가게 만드는 힘은 강인하지만 부드러운 정신이다. 그 궁극의 리듬이 안내하는 길을 따라가다 보면 우리는 삶의 구체에 닿아 있는 고양된 감각과 존재의 깊이를 얻게 되는 것이다.

달그락, 봄

2024년 5월 31일 초판 1쇄 발행

지은이 장영춘
펴낸이 김영훈
편집인 김지희
디자인 김영훈
편집부 이은아, 부건영
펴낸곳 한그루
　　　　출판등록 제651-2008-000003호
　　　　제주특별자치도 제주시 복지로1길 21
　　　　전화 064 723 7580 전송 064 753 7580
　　　　전자우편 onetreebook@daum.net   누리방 onetreebook.com

ISBN 979-11-6867-167-6 (03810)

이 책은 제주특별자치도와 제주문화예술재단의
2024년 제주문화예술재단 지원사업 후원을 받아 발간되었습니다.

값 10,000원